詩集

ほぼ抒情詩

諸井 朗

〈目次〉

第一部　うむすな

第二部　すけるツぉ

第一部　うむすな

丸眼鏡

男は部屋に入るなり
山側の窓を開けた
雪混じりの冷気が
ノートの上を走る
寒いやんせんせえ
お前ら頭ぼーっとせんか
酸素が足りんのじゃ
すぐ閉めるまっとれ
室内の気温五度
厚着の中年男は
仁丹の臭いがした

通夜の客

ひいばぁちゃんが死んだ
親につれられて通夜
あんたが来とった
学校行く前のあのこと
はずかしいうしろめたい
おぼえてられると困る
と思ったけど必死に笑って
きれいになったなあケイちゃん
俺を無視して親に挨拶
深々下げた頭を起こしざま
気にしとらんけ気にせんでええよ

虹の彼方へ

岡田君おるかあと入るなり
玄関でギターをひっ掻いて歌うのは
椎名君です　皆さあん歌いましょう
二人の夕暮れが霞むこの海辺に
今度沖縄の米軍酒場に行きます
あんた学校はどうするんよ
ああまた行きます　金が出来たら
次はニュージーランドです
お父さんがお金持ちだからいいねえ
いいえ　親は出してくれません
自分で稼ぎます　基地の処理場でも
そんな所で何するんね

ベトナムから送られたのを
アメリカに転送するお手伝いです
そげなこと学校に知れたらどうするんよ
べつにいいです　親もなんも言わんし
それよりあんた年を隠しとるんやろ
親御さんは知っとるんやろかねえ
父よ母よ聴きなさい
分からなければ口出すな
息子も娘も家を出る
あんたらの言う事は聞かない
なんかねそれ何の歌
じゃあまた来ます徹君によろしく

空の蟬

おい長田おまえの妹いかんぞ
俺に気があるんやないか
お前やない俺がたまらんのじゃ
じゃろう　早う親に言えや
今度部屋を分けてもらうんや
エフゼロエックスも見れんけ
そんなん要らんぜあれ見とったら
コラ　ほんとのこと言うな
わはは言うた言うた　ほんとのことじゃて
このお　くらしあげるぞ
すまん　あ　こんちわあ　おジャマしますう

煙の下で

見知らぬ町の通りで迷う
夢ではないのに
足の下で地面がなくなる
池の端では油照り
上級生が来ると道を変える
藪にビニール製品

喉を刺す化成ガスの臭い
まだ知らぬ町を歩いている
鼻をつく排気　さびた工場
隙間も無く並ぶ家々は無人
肺にしみ入る湿った寒さ

咳き込んで走るバス

崖上の高校から見下ろす眼
高台の社宅へ帰ろうとして
まだ道を歩いている
切り通しの崖にコウモリ傘
夢ではないのに
足の下に踏む地面がない

男がニヤ笑いして唾を吐く
あんたが茂の兄ちゃんかよ
近づくと目やにがひどい
つやにえさっちょるのう
歯並びが悪い口がくさい

葛下ちゅうのがおるじゃろ
おお　学級委員長さんよ
ああお前があいつの兄ちゃんか
その顔じゃデミアンは知らんよな
腐った眼に一発喰らわせる
母の胸で泣けよナルチス君

足の下に地面がない
オルドリンのように
まだ町をさまよっている
魚の干物を手に下げた
丸刈少年が市場から来る
おいしげるなにしとる

あおいレモン

あの子が好きやとか
詩を書いて人に見せて
なんか意味あるんか
素敵なあの子に恋をして
なんちゅう歌を歌うて
人前で哀しそうにして
なんか意味あるんか
のう　恥ずかしいわい
ずんだれズボンにするんも
見られとうないけんやろ
あれが猛っとるんを

かりこつ（水木先生に）

お宮の奥の
お墓の裏の
ツバキの藪の
連れ込みカラス
天狗のお鼻の
キンチャク紐の
なんやとおもた
白いお尻が見えた
がらっぱかっぱ
いやいや　あれは
カリ骨

産業流刑地にて

経済戦争総力動員
環境要素根底搾取
人的資源探知活用
規律に勝る相互規制
居住空間の利用空間化
情動収支の媒体操作
大気汚染水質汚濁
七色五色の排煙煤煙
ぜんそくでチアノーゼ
米油にピーシービー
まくれるめくれる肌
ふくれあがるくちびる

それでも隙間を見つけて
悪さするチューボー組
街を取り囲む線路の土手
鉱滓《こうさい》列車がごろごろ行く
赤土つぎはぎの新開地
名残の雑木林に隠れ家
たき火の干物でボヤ　くそお
エロ写真を見せ回るおいちゃん
腕時計を分捕るにいちゃん
平和公園の池の端は修羅場
あすこは夜あるいたらいかん
明日の晩久枝の奴らと決闘

文武両道

学校サボって雷魚を釣る
下校のあの子をチラ見して
侍のように背を伸ばし
ているつもりで弱気虫
きりっつれーいで落ちる弁当箱
あき瓶にフリージア
の前のあの子をチラ見して
隣のいも子に話しかける
こらあ私語をするな
隣が気になるんかのう
切腹しとうなるでせんせえ

バリ（ケード）スト

怒号の中で採決異議なし
引き続きゴーゴーモンキー
晴れた五月のキャンパス
日ごとに人がいなくなる
占拠の部屋で食って飲む
棒もってメットかぶって
男は出撃　女は洗濯
練った後で一息の一隊
学館の不協和ピアノでお出迎え
あまりお気に召さないようです
帰ってりぼんを読もおっと

うたげ

酒とか水割りとかださいぜ
あそれは名前の割にきついぞ
初めっからブランデーかあ
食い物かよ底入れして来いよ
一人でもててボトルのワインか
おおい　こいつもうダメだぞ
いただいていいかしらってどうぞ
すいません有り金全部でこれです
学生証ヲ置イテ行キナサイ
電車もないしなあ　そこ支えてやれよ
鯨の脳みそかあ　とぼとぼ

くらとう

先生授業の後半をクラス討議に下さい
いいよ小テストだけやってからね
ちょっと待ってあんたら親の金やろ
私は自前でやっとるんじゃ
片道二時間もかけて来とるのに
払ろうた分は授業してもらわんと
この人だれ
田舎で塾の先生やっとる人よ
今授業より重要な課題がある
学生の特権性と体制への加担
まあ後で議論したら　ほれ小テスト

上界下界

おっとスリッパ履いてきてしもうた
ほれ一つ落下　だれも当たりませんね
こらだれじゃ　スリッパ投げるな
ほれもういっちょ　あすまんのう
なんじゃこりゃあ　泥棒野郎降りてこい
どろぼおとはなんじゃ　この糞野郎
くそやろお　待っとれお礼かましたる
なんで俺が糞野郎なんじゃ謝れ　おお
ええかよう聞け　俺は泥棒やないぞ
事実に合わん事ゆうたんはそっちじゃ
こっちは反発におつりを付けただけや

スリッパのことはちと置いといてな
フグ顔をすなや　ことはこうやろ
泥棒や　いうたんは間違いやすまん
あんたがそお言うたらこっちも
糞野郎いうんは言い過ぎやったすまん
いうことになるやろ　ところで橋本君
いつのことやったかのお　中学か高校か
どこでこの世をご一緒しましたかなあ
よう出てきてくれました　懐かしい
もうわしも死んだ人とおるんが多なって
あんたもどこかでお元気でおられますか

枝分かれ

爺ちゃんは人に
頼られる人でな
疎開先の村でも
村長にと頼まれた
そうなっとったら
お前はあの山の中で
生まれたはずや
別の父ちゃんの子でな
と母が言う
その子がお前なのか

三月ともたんかった

事ごとに口を出す姑
情けなやの婿さん
夫婦の暮らしにならん
里で言われた通り
子のできる前に決めた
ようつとまりませんと
やけど子はできたんと
でお前が腹違いか

お前達がポジなら私がネガ
しかしあんたらはなんで
怖気のする美形なんやろ
私のネガなら当然か

里帰り

崖の上は基地併設空港の
到着ロビーだった
分かっているつもりで
同級生の家を捜して
雨の中を歩き始める
勤め人が傘を貸してくれる
海南銀行スーヨー支店に
返してくれと言う
タクシー乗り場では
切れたお兄さんが
ケバい照明を背に仕切る
いらねえよと振り切って

住宅街の小道に入る
佐木教授の自宅に出くわす
先生機動隊の件は残念です
見てて上げるよ喰いなさい
鹿肉と赤ワインを流し込む
文共闘の佐陀のと君のが読めた
帰り道は分かるね大竹方面だよ
産道を昇ると空軍副司令官宅
猿の息子が塀の上を飛び回る
森田ら地元のガキどもが
社宅の子らに石を投げる
池の上に風は吹かないが
お帰りと言う女もいない

昔の彼女

我ながら誇りに思うけど
落ちた天女だった　だてらに
過激ロック歌手でならした
ルックスメイクまるで無視
ジミ服とハレーションする
エログロテロを吐いた
ほんとはソリッドだった
俺は兄貴だと思われていた
リードの嫁さんに詰め寄られて
めでたく退団され現在に至る
スカッシュもそこそこだったが
これもコーチの嫁さんに追われ

量販店勤務のネトフリ中毒

でご結婚は　するわけないじゃん
お連れは　ドンキッヅミー
親は　殺した訳じゃない
体重は　殺したろか
体調は　よくねえよ
タバコのせい　人ごとだろ
なつかしいね　人ごとだろ
やり直せるかな　あの頃ならね
一緒に死のうよ　三十年おそい

うろ

子供の足にひび割れ
小さな口が無数に開く
おぞましく懐かしく
息を止めて見つめる
自分の体を支配する
何かわからないもの
それ以上にわからない
いま自分のあるところ

足のひび割れは治る
見えないヒビは残る
暗いうろの巣になる

痙攣する顔塞がる胸
噛みつく子供の
言いようのない焦燥
押さえられない拒絶
過敏と不感の潮汐

何かが欠けることに
気づくのに二十年
定位し測定し
抱き取って
安置するのに
さらに三十年

おくることば

親の言うとおりに
嫁いで夫に仕えた
子を何人か失った
一人だけ成人した
その一人子の嫁には
気兼ねなく物が言えた
意のままにできた
意のままにされた
嫁の子の一人は
生死を分ける病の後
親元に引き取られた

長火鉢にもたれて
頭痛に耐えながら
望まぬ相手との
その後の空漠を
一人生きて死んだ
古希にもならず

意のままにされた子は
その人の歳になった
同じ歳で話したかった
死ぬ前に
あなたを許すと

ホルモン屋で

学生さん　聞きたいんじゃがなあ
考えが合わんなら殺さんといかんのか
あんたらそげえに殺し合いたいんなら
二十年も前に俺の島で暴れりゃよかったに
そりゃま瓶とかバールじゃどもならんが
そうよ敵も味方も皆殺しにしとったら
俺の身内も生きておったろうにのう
島んもんは前から後ろからやられた
俺は死んだもんの下におって生きた
あんたそん酒はだれの金で飲みよる
そうかそんなら俺のを飲めや

第二部　すけるツぉ

のみのいのち

わからんちゅうのは良い事や
先が見えんゆうのは幸せじゃ

寒くなると物が縮んで
聞こえなかった音がする
水路の青首が鳴くのか
と思えば浄化槽のブロワー
立て付けがきしり始める
小さな物音で満たされる
足下が開いて地の中へ
ゆるりと落ち続ける
最後の日のように

初めは虫と魚
次に猫と犬
最後に人

火を使うとは飼い慣らすこと
薪を用意し絶やさないように
見守るには打ち合わせも要る
六年生が命令して
経木《きょうぎ》に味噌を持ち出す
畑を匍匐《ほふく》前進で丸見え
一人一本キュウリを盗む
水路で洗って味噌で喰う

霜の色を見て
爺さんが言う
あるがままに美しい
あんたは心の花じゃ
雨に溶けて消える身を
抱き生きよこの一日

姉を慕う末の子で
生まれ育つ我が身
君の歌う花の歌
いまわの今想い出す

冬の暮れ小さな女が
小走りに街を行く

引き詰め髪の一人娘
おとうは今日も帰らぬ

脇目もスマホで
打ち首ルックす
若者の歌う
君はなんて
緑虫みたいに
素敵なんだ
いやゆーぐれなだ
じいさんじいさん
あの世に行けば
楽しく眠れるのかい

身体の右半分が弱い
お袋が居ついているのか
右顎も小さくてよく舌を噛む

百年の堆積　拒絶と共犯
累々たる利権とコネ
景品一冊の他書物なし
隆盛の家　隆々《りゅうりゅう》の松

ああよかった
自分より下がおる
自分より弱いんがおる
馬鹿にしてもいい奴がおる
男が先になるんは当然や

いざとなったらの覚悟やけん

過疎地の
病弱な子が
北向きの窓の下
机にうずくまって
書いた詩や歌
夭折の後
親が刊行した
ほどなく
見知らぬ者達が
桂の樹を見上げ
山並みを指さす
それを背景に

自分の写真を撮る

むき出しのＲＮＡと
戦争はできない
放射能を喰う
細菌はいない
あ汽車が来た
ならもう出るけん
さよならさよなら
私たちは手を振る
睨みつけたまま

呪文1

言語
原言語
言語感覚
原言語感覚
語源感覚言語
原言語語源感覚
言語感覚語源言語
原言語感覚語源言語
原言語語源言語
げんげんごごげんごげん
こんげんごんげんごげん

ad. lib.

呪文2（言語学者に）

みつ
みとぅ
めて
うるうむ
うるむ
うるく
うるわ
ほとはす
あかみどぅ
とのはた
うりおう

呪文3（運命の導き）

じょじょ抒情・じょじょ抒情
じょじょ抒情・ジョじょ抒情
じょじょ抒情・じょじょ抒情
じょじょ抒情・ジョじょ抒情
じょ　じょ　じょじょ抒情ー
ーっ抒情ーーっ抒情ーーっじょ
じょっじょ・じょっじょ・じょ
　それほーんまかーいな
ほんとーでしょーおか
　うそではなーいよーおだ
（繰り返し自由）

ヘソ自慢

富士を前に鶴の群れ　で私
王監督が出発ロビー　で私
市長がテープカット　で私
事故で路上に焼死体　で私
まれに見る炎と黒煙　で私
増水で三家族が孤立　で私
高波ですあ流される　で私
これは異常な高線量　で私
ネオニコで中毒症状　で私
目も眩む火球と熱波　で私
小惑星の大気圏突

そうもあ

草が生える薬をかける
草枯れるがまた生える
また薬かける草枯れる
また生えるまたかける
また枯れるまた生える
かける枯れる生える
かける枯れる生える
かけかれはえるるる
土壌微生物困ります
腸内微生物困ります
あちこち儲かります

散々なさんざめき

私はネコではない
私はテレビを見る
私はタコである

指で印し
血で囲い
ミタラコロス

葉と葉の間に
空の青と白
揺れるくろのす

さんすま　すまほ　あほ
きんすて　すてら　あら
くされるれとるとろにく

死ぬ気のジョー
ロッコン少女
きしょーちょー

さげすみでしか
立たない自分の
みじめよのう

引っかけ語に
類推し憶測し

妄想へと至る

脳が苦しい？
すかっと一発
ヘイトショット

消えた夢の言葉
昼の脳のどこか
巣くって眠る

脳に何億と細菌がおるちじゃ
除菌するかや
いやそいつらと話がしたい

神はヒトが
先立つことを
望んでいる

人のいない
地球　宇宙
変わらぬ静穏

犬をかまって喜ばす
子の粗相の始末をする
この歳で見る夢かよ

死後の世界を思う
と死後の世界にある

ばななとりんご

無意味だ　というには
大量の意味がある
無意味な死には無限の

常習賭け麻雀は訓告
レイプはお咎めなし
飲食供与は丁寧に説明

迫真の大画面?
絵は枠の中で
皆記号です

蛇喰い鳥は叫ぶ

はっちゃん　だけかな
かっちゃん　やけた
ちょっちゃん　とけた
ちょっちっ　じぇきれ
ちぇ　ちぇ　とけれ
じぇ　じぇ　ちょけれ
しゃっかり　とけた
しゃっきり　とれた
とっちゃん　かけた
ひ　ひぇ　びけひぇ
ちょちちょ　つえた

骨の歌

ほおそおか
そおいうんか
そおいういいん
そおいういいんかい

飢えた子達の前で
無力な詩は飢えた
子の存在が醜聞で
あるような意味の
仕組みを作ること
で言い逃れをする

わいせつなウジ虫
むずむずむつむつ
むずくむずむむつ
むつむつむむつみ
むずむくずむつむ
むずくむつむつむ

男達を大勢殺した
埋め直して隠した
詩人まで出てきて
盛り土を手伝う

ウジ虫の不定愁訴
女達は骨を探す

そうか
そういう
いいんかい

日々のたしなみ（三歩詩句集）

入日に倦《う》む　眼を巡らせば　昇る月

鳥は来ない　人は狂う　寒い春

児の手の上　石桃二つ　古写真

ふと呼ぶ声　空耳かと　箸を置く

殺し生かす　花に水を　注ぐ手の

暗い穴が　どこに潜む　アマノカワ

草の茎を　折れば水玉　谷を行く

前葉体《ぜんようたい》　校庭薫風　胞子体

ヤマモモも　スモモもモモも　山学校

根圏菌　維管束《いかんそく》に　菜種雨

閃緑岩《せんりょく》　緑色片岩　ツガザクラ

潰れ弾け　闇に億年　光りつつ

こりゃあ竹じゃ　破竹も終わる　雨が来る

葉叢《ほむら》暗く　火の実採りの　口むらさき

柚子酢切れ　ブシュカンはまだ　曇り空

熱湿風　頭の目盛り　狂へ向く

馬鹿野郎と　言うも虚し　陽を仰ぐ

蕗の根方　蛇の歯跡　通り雨

花イタドリ　黄バチ猛る　沢捜す

七星揺れ　小笠原に　風起こる

夏野の果て　終わる兆し　黒い虹

死に損ない　生きて忸怩《じくじ》　飴湯飲む

手足の冷え　腹に中《あた》る　あんたもか

秋の夜の　酒の脳裏の　日が陰る

椎の枯れ葉　落窪の方　飛ぶ狐

虚《うつ》けテレビ　滅ぶ国よと　隣り客

秋風や　墨塗の地図　無実の士

凍てる空の　光に消えて　黄セキレイ

シリウス星　想う人有り　蒸《ふ》かし芋

夜具の中　凩《こがらし》を聴く　孫と祖母

酔いは早い　寝入るも早い　夜半に醒め

朝は暗い　芋は痒い　起きぬ妻

茜の雲　降り来る風の　羽衣の

廃屋の　あやなる宴　集う影

石の壁　名残は菫《すみれ》　騎士の歌

地母神《ちぼしん》を　祈り出そうか　列石墓《れっせきぼ》

地母神の　巨眼を閉じて　月を見る

宿り木採り　夕べに祈る　人知れず

夕べには　流れに放つ　宿り木を

榎《えのき》の葉と葉の間の空　朝の歌

柊《ひいらぎ》立て　唾で囲い　ミタラシヌ

大楠の　陰地こそ良し　フキノトウ

初雪が　二月半ばよ　梅も散る

逃げる月　尻尾を掴み　酌み交わす

枝の間を　洩れ降る光　揺れる蜘蛛

サクラサクラ　お前の恥を　いつ雪《すす》ぐ

集うなら　飲み朋輩の　花の下

花の下に　眠る者有り　瞑目す

温い寒い　天に元あり　地の遷る

刺す日差し　頭の狂う　夏兆す

六月の　雨に佇み　鎮魂す

泣き止まぬ　雨はみどりに　逝きし子の

小声で言う　君の名前　五月闇

在りし日の　菖蒲の色に　咲き出づる

アカシアに　雨は似合わぬ　流刑の地

名のみの春　花も　鳥も　野も　人も

神よヒトが　先立つ不孝を　許されよ

遅朝の　項垂《うなだ》る樹木　積もる雲

雨を蹴り　飛ぶゴム長の　後を追う

うす明る　卯の花昏く　重る雲

思い返す　忘れはせぬ　ヒグラシ鳴く

炎天下か　泥の中か　かつえ死ぬ

炎熱を　泥を凍土を　生き延びる

老骨や　ようよう宵の　風となる

お日様もう　グロッキーです　堪忍や

浴衣着せて　捧げる神の　ありしかな

第三部　破棄手紙

再演喜劇

お前の生まれる前の情景
私はチェリーボーイだった
用水路に暗い水が突進した
爆弾池に引き込まれて死ぬ児
線路下の空き地に果樹があった

ビワの枝に蛇が二匹下がった
木イチゴは糖尿　サクランボは
サクランボは　お前を手籠めに
しようと言うではないが　そも
木イチゴは腎臓に沁み心に沁みた

ひと塊から引き裂かれた二人
この世で元に戻る道はない
道行きの先にあの世はない
情けなやのはっちゃんと
錯乱ボーイがさるき回る

ヒバの山にシケモクの目印
延々と落ちのび下る杣道《そまみち》
向こうにはらんらんの蛇の目
泣く神のなれの果てかカカシ
黄泉で幸せに睦み合うヒルコ

書き割りの街区に風が吹くと
灰だらけの道を二人で駆ける

この世もあの世も紛れオイド
俺たちはなんのムクロなんだ
頂上まで昇って消える火花

ナメコ風に髪なびく夜の闇
抱きかばおうと手を伸ばせば
首に掛かる紐が邪魔をする
ヘソの緒紐を引きちぎると
千の水子玉が光り散る

一切は声の中に
お前の声の中に
声の中の茫洋たる
時間の堆積に

崩落する視野に
咲き充ちて立ち枯れた
あれこれの世の影が
うつつに浮かび
立ち昇り消える

各々が一人で始末をする
思慮のない思いつきを
終わらせるという定め
そこかしこにある災厄の跡
結ぼれた紙紐を拾って歩く
別に用があるわけではないが
紐には墨文字が虫食っていた
体育館一杯の古証文

植民地で富くじを当てた
集落外れの古家を買った
家は高床で元は田だった
母の嫁ぎ先とは父の家だった
日々の焦燥と不安が糧だった
生きられない瞬間が析出して
フケのように降り積もる

言わなかったことは
なかったことではない
押し殺し埋め殺してある
言われない事どもの腐蝕
大量の沈黙資材の滞留

見えないマガゴトの増殖

空気のない所で発熱する
内部からビランする
縫い目が破裂する
意識の結束がほどけ
生体質量が臨界を越える

お前が私を吐き出して
累積する言語廃棄物が
美しい日本に横たわる
トリチウムにまみれて

ある断定

うつろな胸
寂しいおなか
悲しい下腹部
見栄えない手足
君の目が見下ろす
自分の身体の風景
を見ている君の目になる
あるがままに憩う
心のとば口のことば

気をつけて
あと一日だけ

思い込みでいてくれ
雨に打たれれば消える
反乱と逃亡の目じるし
蛇喰い鳥は間違っても
天をかけたりしない
じげじげと不幸にはげむ

すかとかす　火の街を
すごすごと　なんだあれぁ
あんだんて　あんただあれ
どべどべの　墓穴から
立ち上がる　腰なし人
まるかんど　わるしょわじ

逝きしウタビトに

自殺しようと一人で来れば
河原は荒れてビニ本サック
晒される遺体が哀れで
死ねずにさ迷う明け方
気配に驚くと汚れた猫が
猫がおいでと眼で招く
ふらふらと後を追えば
泉のそば柳の下で座る
となりに座ると出てくるわ
あちからこちから猫が来る
みゃあとも言わずこちを見て
何のえにしかは知らねども

ひとときの伽《とぎ》をつかまつる
の顔をして座り込む
その日以来私は
あの世帰りの歌い手となった
妖精と交わる者は
暁に白骨となる
帰って来たがもちろん
だれも振り返らない
過去の洞窟に入って
未来へ出ることはできない
引き裂かれて歌によみがえる
おまえがあの猫だったのか

ソーモン

お前がいなければ
こんな歌は歌わない
俺たちは同志だ
意欲して何もしない
何者かになる危なさ
髪毛一本差で逃げる
全て身過ぎ世過ぎのふり
女のふり人のふり

膨れ上がる当ての塊
粒ごと潰して毒酒にする
練り上げてまぐそぱん

さあ食べておくれ
ビーカー培養肉と
ソーサ大根しかないが
なんとかしたんだぜ

無くなった物の膨大さ
無くなった言葉の
無くなった面影の
心と体に沁み渡る水
の中に重い水素があって
ベータ線を出して崩壊する

鼻で悲歌

暑熱に耐えかねて
いつの頃からか
水底に沈んでいる
水面に揺れる光と声
物を言おうとすると
水が出入りする
苦しくはない
イモリはヤモリではない
いい加減にしなさい
と母親が言う　アルミの
鍋を火にかけながら
腹が減った　湯の中で

ソーメンが身もだえする
煮られて楽しいはずはない
マイアサウラの眼に
画鋲を押したのは
いないはずの男の子
二十世紀中葉の日付
のまま黄ばむ夏の友
アーメン

空から

廃墟に暮らす日の影に誘われて
無くなってしまった冬を旅する
乗り物も何もない徒歩の迷走
空調の室外機が寒気を吹き出す
雪は降る気温は下がるが冬はない
雪で屋根がへしゃげても冬はない
旗が軋り壁が無言で立つと言えり
コンビニのばかりじゃ良くないよ
たまには自分で作って食べてね
この世で会えないニライの娘さん
自転車のブレーキは修理すること
一度も抱いてくれなかった母よ

あなたの付託の重さにめげそうだ
無くなった冬の枯れ野をさ迷う

名札付きのガラクタが転がる道
永淵健一今井夏子なんて誰なんだ
期限切れの季語は制御室に消える
微笑みは瘴気《しょうき》の泡のように沸く
アルソクに守られた繊細な内面
資産が脳裏をかすめると密やかに
しかし確実に起動するスクラム
記憶領域にも作業領域にもない冬
かすかに放熱する黒いゴミ袋の山
カラスよなぜ追いかけて来ないのか

しーえむ

こえてきたせぶん
こえていくせぶん　せぶん
ワイオミングの渓谷に
こいつらいるんですよ
まるく考えぶかげに
まあ食えますけどね
居留地の先人達
皆殺しではないですから
こえてきたせぶん
こえていくせぶん　せぶん
水質が悪くて衰弱する
一家で気の毒なこった

スケルトンを立てておこう
警告にはなる　これなんか
サイトはむこう　ここは風下
こえてきたせぶん
こえていくせぶん　せぶん
先生そんな茶こしじゃだめ
ホースでお願いしますね
さすがだね東大の結婚式場
堀と塀まで巡らしてある
これからは大学もイベントだ
そこら中にお宮を建てよう
こえてきたせぶん　せぶん
あかておあらお　あおておわらお

そうせい

蛇を髪飾りにオモは来た
大きな眼を閉じて月を招き
赤い口もへべも固く閉ざし
ヤムをシシをムべを胎む
レレリルレレリル月を喰う
レレリルレレリル人を喰う

土地は朽ちた命で肥える
偉大なムルワはオモの母
海も山も呑み込み膨れ
空ではじけて降り注ぐ
レレリルレレリル月を喰う

レレリルレレリル人を喰う

それで山は母ちゃんなんだ
だが息子よ山も海も滅びた
植えた木では山にならぬ
山がなければ海もあらぬ
ヤムはヤムトコロになり
ムベはムベナシになった
全てを包む偉大なムルワは
恥ずかしい器官になった
レレリルレレリル月を喰う
レレリルレレリル人を喰う

エレクトゥス

直立さんは五万年前まで
アフリカにおったそうな
気候が見る間に変わっても
どうやらポケーとして
あわてずに滅びたらしい
宿のちょっとだけ上にある
岩棚の硬い石は見るだけで
足下ので済ましたそうな
わしらやネアンデルさんより
怠け者でガッツ無しが
滅びた訳とか言いよる
滅びるとはどんな具合かのう

木や草の様子が変わる
豆や根の芋がなくなる
狩りの獲物がなくなる
え男もえ乙女もおらん
自分が　最後のこども
ご先祖様の骨が野晒し
遠くの空が近くに来て
風が腹の中を吹き抜ける
ある晴れた日の昼下がり
奇っ怪な長身の奴が現れて
耳障りな声でわめきかかる
なすすべなく立ち尽くす
マテシバシ　ナレモマタ

肉染みのソネット

いかくてかくとうす
すめるのめらのうま
夜に湧いた無私語が
昼の思いを食い荒らす

眼の裏のラメラメら
耳に巣くうナメクジら
鼻をほじるウミウシら
自分の中で煮える脳ら

肉汁染みの一発打開像
骨の髄から追い出されて

突沸する罵詈《ばり》罵詈《ばり》下痢

このスイッチを押すと
貴方と日本が輝きます
すぐお電話をいないなに

飛《ひ》跡《せき》

えびみじんのこ
高層ビルの避雷針
古びた請求書　『
ゴルフのバッグ
はるかなため池
林の中で君の瞳
重譴責《じゅうけんせき》処分通知
あなたの家族
非加算的無限機関
引き出しと本棚
首の傷　の後
冬至　冬芽《とうが》

そみんしょーらい
ごとじゅっとう
へぐれてきええる
かそくのかぞく
ま数万から数十万
死すてむのこすと
マスクして笑うな
ふろでへをふる
村はずれのすぎ
せんたくピンチ
晴れ着の下のドブ

異和のいわい

川に身を投げる
にたどり着く前に
破棄された　いや
遺棄された意味

濡れた足跡の列
ガスめく微風に
舞う大量の断片
死語下辞誤詞

手首をゲジごし
君の膝の上に

載せてはちぎる
追想の水子草

思い入れ滴る
ひらひらのことのは
微笑が溶け込むと
卵子が泳ぎ始める

真っ白な砂糖が
フローラを枯らし
カイバに毒を注ぐ
ノーチョーチャージ

くるこつ

こつこつくる
冬の夜道
こつこつくる
照明の廊下
うこつこつくる
ドアの外の気配
耳の中の動悸
ううこつこつくる
頭蓋の中から
うううこつこつ
つこつこつ

おりなし

ここと今の間合に
消されてあの世へ
送られた世の中の
陽射しと野の風が
台地と流れを開く

高い木々の合間に
村々が見え始める
緩やかな輪を描き
水路の葉脈が巡る
田畑と家並みと道

思わず降り立てば
通りに群れる人々
祭礼の皿と徳利と
歌の集いと踊りの
長い列が登り下る

起伏の多い門前町
開け広げた屋敷地
新たな一団が来る
あれは湊浦の娘組
おおと上がる歓声

列の最後を見送る
帰ろうとして探す

靴が見当たらない
足の泥が気になる
世話役に相談する

帰り道は冠状動脈
擬陽性発生件数
犬小屋に待機
昨日の線量
管理区域
逆暗転
反復
𝄐

夏のソナタ

疫病から逃れて
隠遁したのではない
世界が消えないなら
自分を消そうとした

自分から世界を消すと
世界から自分が消える
しかし　いや　だから
世界はそのままにある

と気づいて駆け出す
どこをうろつこうと

世界に自分がない
炎天に正装した
おかしな爺さんよ
俺の歌を歌ってくれ

壊疽《えそ》の前奏曲

茜の羽衣が風に
運ばれて消えると
薄ら明かりの中
廃屋に集う人影
微かに立ち昇る
電気仕掛けの歌
寄り合う頬に
擦れ合うかたびら
鳥と聖女の無言歌
腕のない人形が
腰のない老人に
かすれ声で言う

育枝ねえちゃんと
河原で晒されて
稚児と居寝るわえ
宿り木を切り持ち
手水で祓《はら》えば
菫草は立ち上がり
ホオズキの形に
騎士の首は揺れる
揺れながら嘯《うそぶ》く
細く長く高く
くくくくく

とんそうトーヒ曲

雲の湧く岩山に
肥満の大統領が
血栓を残して去った
笑う人にコロナは来んで
のう山下しぇんしぇい
測ったら出るでなあ

セッケンケッセン
ミタラコロース
ミタラシナース

みんどれみのみんれどれ

みれしれいらそらの
はしはしみれしれい
じゅくじゅくじしゅく
でんでんする立場でない
うんうんするばやいです

セッケンテッケン
への・もへのも・への
もへのも・へのもの

ピッグなミーグのチッケなポング
あせるなだっくどなるなダック
グレートな東郷プランプラン

船旅

ほをあげえ　このうらに
からふねの　からゆきよ
えいやこら　ふう　ねむ

ともにとまる　しらとりは
黄泉の鳥よ　あれみよ帆の
風をはらむ　桃のむなちち

ほをあげえ　このともに
かやふねの　かやゆきよ
わっそやあ　ふう　ねむ

へさき高く　とまりますは
黄泉の鳥よ　み竿のさき
岸にオウチの　しだれ紫

艪《ろ》の声の　波の音の
むたむたむ　ひたひたむ
うろ笛の　魂まねき

うろ舟や　よるのみお
みなわのみどろどろぶく
わっそやあ　わっそよ

巡礼のいる風景

木の靴の中で
足を傷つける
小石のように
罪が心を刺す

君が手に持つ
紐が蛇になる
君の背の袋に
サソリが潜む

仰向けに寝て
脱糞するトカゲ

曇天を浮遊する
耳キノコ鼻茸《はなたけ》

だがあの向こう
地平のあたりで
雲を焦がす炎
城と街が滅びる

さらに上の空に
幾つもの眼玉と
臭気漂う口と
いがいがの鼻毛

めめんとらめんと

首にタオル巻いて
白い胸元　灰色の
ズタ靴履いて
私の終末天使
大鎌をお忘れか

雨に降られて
べた髪小さな乳首
尖る糸切り歯
めめんとらめんと
刈る首に口づけを

おいで死の天使
音階の段差が半分で
危ない隠伏《いんぷく》平行の溝
見落としそうな豆符
やさしく絞める手

額こする指の腹
頬に垂れる髪を噛む
私の天使　暗夜の鳥
お前の爪は血で赤い

めめんとらめんと
おお　刈られる日の喜び

薔薇窓

一人は身罷った
一人は自身の闇に退く
で　残された二人は
微風の中で搦《から》み合って
どこまでも吹かれ行く

梅雨の薄ら緑の部屋に
染めの古衣《ふるぎぬ》を囲む四人
図柄は人身御供の子
髪なびかせ宙を行く
大鯰《なまず》を掴んで笑う男

ととさまはかまぼこ
かかさまはかつぶし

午後の半時　確かに
私たちは家族だった
血筋ではなく
罪でもなく

おとととおかかと
ねこんぶまんま
はし一本立てろ

雲の別れ　（十六世紀ドイツ古謡による）

雲が来る雨になる
雨は緑の草に落ちる
また陽が照らないと
草も花も萎え弱るよ

雲が流れ雨になる
私たちの別れが来る
華奢で愛らしい人よ
君を残して心は重い

暗い雲が森を隠す
雨になろうとして

あふれ落ちる涙

君の細い腕と喉元
私の白い骨と脳髄
されこうべの想い

鉛の沢の骨の倉
亡者の踊りガギガ
鼠の行列ギガギ

ギガギ　ガギガ
ギ　ガギガ　ギガ
ギガ　ギガ　ギガ

浮島

細い水路が尽きる
沼地の茂みに血を
滴下させて咲く花
葉と茎と腐りつつ
項《うなだ》垂れる十四五本

とある記録の錯誤
　毛細血管の錯綜
腹部の水塊が膨張
不確実な初期情報
よろめく推論連鎖

リンパの海に散る
つつましい廃墟
君の思い出の浮島
足に紫ウニの棘
皮質下に粒子線

まさか逆夢の中で
君は自分の無垢に
自信がありすぎた
美しい島　の看板
砂の崖に残る痕跡
十分に野蛮な抒情

Sへの献詩

花を
断つ手の
整える束の間
言葉の廃園に
累々たる私語
なお声に
花を

あとがき

本書には、前著『博物詩』以降の作を中心に収めた。今回も、俳誌『梨花』に発表した作品のほとんどが、一部修正の上収録されている。なおそれら詩句の若干は、『梨花』関連の記念誌『合同句集』にも収録されていることをお断りする。「梨花」の主宰、山本呆斎氏に感謝する。編集の国光ゆかり氏のアシストに感謝する。

南の風社刊　諸井朗詩集
『わかれあう』
『博物誌』
私家版
『音声詩編集成』

詩集　ほぼ抒情詩

著者　諸井朗

発行日　二〇二一年一月一日

発行所　(株)南の風社
〒七八〇-八〇四〇
高知市神田東赤坂二六〇七-七二
TEL 〇八八-八三四-一四八八
FAX 〇八八-八三四-五七八三
E-mail edit@minaminokaze.co.jp
https://www.minaminokaze.co.jp

編集　ひなた編集室